Titlili
Ticoco
Tikiki
Mimi Perroquette
Cacatoès
Spatule

À Raphaële, Teïva, à tous les enfants pour préserver leur innocence, leur insouciance, leur éclat.

ELLA Editions
42 route de Chavannes
28300 Lèves
www.ella-editions.com

Dépôt légal 27 mai 2022
ISBN : 978-2-36803-540-5

Illustrations : Delphes Marchal

Ticoco

Le voleur de couleurs

Anne Surrault

Illustrations :

Delphes Marchal

Ella Editions

Au cœur de la
forêt tropicale,
la tribu des singes
capucins est toute joyeuse.
Elle a une bonne idée de
déguisement pour la fête de
Karnabal...

...C'est décidé !
Ticoco, Tikiki et Titlili
iront chez les perroquets.
Ils rapporteront
des plumes multicolores
pour confectionner
les costumes.

En échange,
les trois cousins offriront
des fruits à la colonie.

Bras et jambes
montés sur ressorts,
le cœur en fête,
les capucins traversent
la forêt sans traîner.

Tandis que Cacatoès,
le chef de la colonie,
les accueille…

...Titlili glisse.
Ticoco et Tikiki
se précipitent pour l'aider.

Cachée dans les feuillages,
Mimi, une petite perroquette,
trouve les singes
drôlement gentils.

Ça lui fait comme une bulle
de douceur sous les plumes.

Cacatoès remercie les capucins
des délicieuses offrandes
puis leur demande
la raison de leur visite.

Ticoco explique leur mission
avec un grand sourire.

– Vous voulez des plumes
pour fabriquer un
déguisement de Karnabal ?
Eh bien voici celles que
les petits perroquets et
les petites perroquettes
perdent en grandissant…

– Nous voulons des
plumes aux couleurs vives
comme celles-ci,
explique Titlili.

– Arracher les plumes
des adultes est impossible,
répond Cacatoès.

Il ajoute en riant :
– Lui, c'est Spatule, notre cuisinier.
Il ne serait pas content
si on lui volait des plumes !

Un garde de la colonie
murmure aux capucins :
– Il y a un problème,
les plumes colorées
deviennent de plus en plus rares.

Cacatoès rajoute :
– Certains petits perdent
leur couleurs...
et aussi leur force et leur joie...

Les capucins sont déçus.
Il pleut dans leurs yeux,
ils n'auront pas assez
de plumes pour Karnabal...

Alors Cacatoès les invite
à rejoindre les autres devant
la grosse marmite de Spatule.
– Il vous donnera
une énorme ration de
sa délicieuse popote.
Hum ! Sentez la bonne odeur...

Devant Ticoco,
Mimi la petite perroquette
tend sa gamelle du bout des ailes
à Spatule, son tonton.

Il la remplit à ras bord.

La maman de Mimi lui dit de faire un
bisou à Spatule pour le remercier.

Les capucins sont stupéfaits :
une plume de la petite perroquette
blanchit sur son dos.
La couleur s’est évanouie
d’un coup.

Une fois repus,
les jeunes perroquets
jouent à se pourchasser.

Mais ceux au plumage terne
s’isolent ou se bagarrent.

Tout à coup,
un petit perroquet décoloré
bouscule Ticoco
et lui tripote les fesses.
Ticoco crie :
– NON, MAIS ÇA VA PAS !

Mimi la petite perroquette
est surprise d'entendre
« NON ! »

Fâché,
Ticoco veut
rentrer chez lui,
Tikiki aussi.

Titlili, elle, veut
percer le mystère
des couleurs
qui disparaissent.

Le soleil baisse dans le ciel,
les ombres s'allongent.

Cacatoès siffle pour le dîner.

Titlili se dirige vers la file.
Elle cherche des indices.

Spatule sert la petite Mimi.
Les capucins ouvrent bien
grand les yeux.
Tous remarquent que
Mimi la petite perroquette
courbe le dos
quand son tonton l'embrasse.

Une nouvelle plume de
son plumage
devient toute grise !

Comme si elle avait perdu
un rayon de joie.

Quand Mimi se retourne,
Titlili lui offre
un sourire tendresse.

Spatule sert Titlili
et lui chuchote
de l'embrasser
sur le bec.
Titlili refuse.

Un souffle chasse
alors le brouillard
installé dans la tête
de Mimi perroquette
depuis longtemps.

C’est la fin de la journée.
Le soleil glisse
derrière l’horizon,
la nuit déroule son long
manteau noir sur la forêt.

Sous la voûte étoilée,
les capucins
cherchent le sommeil.

Soudain,
un bruit les fait sursauter.

C’est Mimi !
La petite perroquette tremble
sous ses plumes grises.

Les trois capucins sentent
son petit cœur tout chagrin.

Mimi s'assoit
et les trois singes
l'entourent gentiment.

Le silence remplit la nuit.

Le secret des plumes
est bien enfoui,
il est lourd,
Mimi a du mal à le faire sortir.

Après un long moment,
le secret s'échappe d'un coup.

– Quand j'embrasse Spatule,
il me touche à des endroits où
je n'aime pas...
des fois ça me fait mal...
Et quand il m'oblige à
lui faire pareil,
je n'aime pas du tout
non plus.

Spatule dit toujours :
– C’est notre petit secret,
surtout, ne le raconte
à personne,
sinon un gros nuage noir va
envahir la colonie.

Des fois, mon tonton est très gentil. Et si je parle, j'ai peur qu'il soit triste ou qu'il se fâche....

Et si je dis le secret,
je vais me faire gronder...

Mais moi,
ce secret, il me fait
mal au ventre, et
au cœur...

– Pauvre Mimi,
c'est un secret poison,
murmure Titlili.

– Aucun grand n'a le droit
de faire ces choses-là !
grogne Ticoco.

– Spatule est malade,
je vais lui secouer les
plumes,
se fâche Tikiki.

Titlili rappelle
les paroles de sa maman :
– Il y a des endroits du corps
qui sont comme un
jardin secret, on les appelle
les parties intimes
et personne n’a le droit
de les toucher.

Ticoco rappelle
les paroles de son papa :
– Ton corps,
c’est comme un coffre-fort,
tu ne laisses personne le forcer.

– Tu dis NON, même
si c'est quelqu'un de ta famille.

– Tu dis NON, même
si c'est quelqu'un que tu aimes bien.

– Tu dis NON...ou tu écris NON,
sur une écorce,
sur une feuille,
sur ta main...
Tu écris NON où tu veux.

NON!

– Il faut avertir Cacatoès
pour que ça s'arrête !
s'exclame Ticoco.
– Et s'il ne me croit pas ?
S'il me rouspète ? dit Mimi.
– C'est le chef,
il nous écoutera et il nous croira.
Sinon, on trouvera quelqu'un d'autre
pour nous aider, promis !
– Alors d'accord,
je lui dirai demain,
murmure Mimi,
une petite lueur de courage
au fond des yeux.

Le lendemain,
Mimi Perroquette tend
sa gamelle à son oncle,
comme d’habitude.
Sauf que…

...tout a changé.

Au moment où Spatule
se penche pour l'embrasser,
Mimi libère enfin
sa parole.

Stupéfait,
Spatule en lâche sa cuillère.

NON

– Bravo Mimi Perroquette,
tu peux être fière de toi !
disent en cœur les capucins.

– Et maintenant, allons voir
Cacatoès pour le prévenir que Spatule
fait des choses interdites.
Il ne faut surtout pas
que ces choses tombent dans
le grand sac de l'oubli,
ajoute Titlili.

Arrivée devant le chef,
Mimi explique tout.
Cacatoès l’écoute
et la félicite pour son courage.

Puis il fait venir Spatule sur le champ :
– Personne n’a le droit
de faire ça aux enfants,
c’est grave !
Ça salit leurs plumes
et paralyse leurs ailes.
À eux et à toute leur famille.
Et tu le sais très bien !

Spatule crie haut et fort :
– N’importe quoi, c’est faux,
elle ment !

Un gros nuage
assombrit la clairière...

C'est alors qu'un petit perroquet
avance et raconte exactement
les mêmes choses que Mimi.

À peine a-t-il terminé
qu'un autre petit confie
le même secret.

À ces mots, Mimi
ouvre de grands yeux
et ses plumes retrouvent
un peu de couleur.

Et Spatule,
ça lui cloue le bec.

Les plumes dressées,
la colonie gronde.

– Oh, ma petite chérie,
si j'avais su… murmure la maman de
Mimi, les yeux emplis de larmes.

– Conduisez Spatule dans la
caverne STOPOGROSBÉTIZ,
ordonne Cacatoès.
Les petits doivent être protégés et
Spatule ne doit plus jamais
recommencer !

Cacatoès
remercie les capucins :
le voleur de couleurs
est démasqué.

Titlili, Ticoco et Tikiki
peuvent rentrer chez eux.
La colonie va aider Mimi et
toute sa famille à se soigner afin que
tous retrouvent
leur éclat.

Et Spatule devra
se faire soigner aussi.

Les capucins ont rejoint leur tribu. Il n’y a pas assez de belles plumes pour Karnabal. Ils sont déçus et à la fois, ils sont fiers d’avoir aidé Mimi Perroquette.

Finalement, les trois cousins sont heureux.

Le jour du Karnabal,
le défilé est magnifique.

Surprise !
Les petits perroquets et
les petites perroquettes sont
venus pour la fête.

Mimi Perroquette resplendit
avec ses plumes de
toutes les couleurs.

Ticoco, Titlili et Tikiki
sont encore plus heureux.

Tous chantent et
reprennent à tue-tête :
– Notre corps est un jardin secret,
un coffre fort avec des trésors
qu'il faut tous protéger.

Tu peux
m'appeler quand
tu veux, tu fais

119

sur le téléphone.

Enfant en danger,
parent en difficulté,
dans le doute,
un seul réflexe :
appeler le 119

119

Etude des personnages

© Delphes Marchal ★ 2022

Ella éditions et ses collaborateurs remercient
du fond du cœur :

Anne Dumergue, non seulement autrice jeunesse de grand talent (voir la série *Enquête au poil* chez Flammarion jeunesse par exemple, ou bien la série *Teddy et Laure* chez Ella éditions), mais aussi correctrice éditoriale vraiment exceptionnelle,

Michèle, Ange et Sophie, M-C et Fabrice,
victimes qui nous ont merveilleusement aidés
à transmettre leurs émotions et leur vécu de victime,

Rémy Hervouet, ADMR Vendée,
Audrey, officier de police judiciaire au sein d'une *Brigade de Protection de la Famille (BPF),*
J & G, après l'ombre surgit la lumière,
Maitre Sandra Renda, pour son regard lucide au service de la justice,
Nora Darani et tous les membres du Service national d'accueil téléphonique de l'enfance en danger (numéro gratuit et non enregistré 119) pour leur travail admirable, leur bienveillance, les vies sauvées,

Delphes, qui avec son talent arc-en-ciel et son cœur en couleurs a fait de cet album un objet réconfortant, chaleureux et lumineux. Et c'est vraiment ce que nous attendions pour évoquer ce sujet si grave.

Christophe Prat

Je tiens à remercier chaleureusement tous les acteurs qui ont contribué à l'élaboration de *Ticoco et le voleur de couleurs* et en particulier :

Anne Dumergue, auteure jeunesse,

le Dr Régine Machabert, pédopsychiatre,

Maître Caroline Remond, avocate

le Dr Patrick Vincelet,

Mathieu Caillet, magistrat,

le Dr Betbèze Julien, psychiatre,

Christophe Prat, éditeur qui s'est investi avec beaucoup d'ardeur et de cœur,

Delphine Marchal, illustratrice qui a embelli l'histoire grâce à son talent de magicienne des couleurs.

Tous les parents, patients, amis qui ont donné de leur temps pour parfaire cet album.

Anne Surrault

Du même auteur

Guigui, le chevalier à la conquête de l'autre pays
Zara

Dans la série familles en puzzle

La famille Tirficelle

La famille Tirbouchon

Dans la série Pilou et Loupie

Les vacances de Pilou

Dans la série Ticoco

Les cadeaux de Ticoco

Ticoco, colère et cacao,

Ticoco, trouillette cacahuète

Pour contacter Doc' auteure Anne Surrault,

merci d'écrire à :

ella-editions@ella-editions.com

Le 119 existe pour aider les enfants en danger ou maltraités. Quelle que soit la manière dont tu nous contactes, nos professionnels de l'enfance sont là pour t'aider à trouver des solutions.

Tu peux parler de tout en toute **CONFIANCE**

LES APPELS SONT GRATUITS même depuis un téléphone portable

TOUS LES ÉCOUTANTS DU 119 ont l'habitude de parler aux enfants et aux adolescents

LE 119 PEUT ÊTRE APPELÉ JOUR ET NUIT

LE 119 EST JOIGNABLE DE TOUTE LA FRANCE

LE 119 EST INVISIBLE sur la facture de téléphone

LE 119 N'EST PAS UN NUMÉRO QU'ON APPELLE POUR S'AMUSER !

Sur le site www.allo119.gouv.fr, tu peux aussi échanger avec nos professionnels de l'enfance :

Tu peux échanger avec les professionnels du 119 **PAR TCHAT MÊME DEPUIS TON PORTABLE**

SI TU ES SOURD OU MALENTENDANT, tu peux échanger avec nos professionnels en langue des signes française

Good Eye'D © denis_pc - Fotolia.com

Tu peux aller directement sur notre site internet en flashant ce QR code

Tu peux nous suivre sur Instagram : 119alloenfanceendanger

www.allo119.gouv.fr

Source : Gip Enfance en Danger – Snated

Achevé d'imprimer en mai 2022
sur les presses de la SEPEC
Numéro d'impression : 20817220501
Imprimé en France
La SEPEC est titulaire de la marque Imprim'Vert®

Pour la promotion de cet album,

ELLA éditions bénéficie en 2022
d'une aide financière du Ciclic

Ciclic-Région-Centre-val-de-Loire